1   Que veux - tu entendre que je ne t'ai pas dit ?

Couverture : **Fatou**   *(avec son aimable autorisation)*

3   Que veux - tu entendre que je ne t'ai pas dit ?

Du même auteur :
(E-books & version papier)
- Somewhere in Vladivostok
- Harcèlement   (éd. BOD)
- Harassment   (éd. BOD)
- Acoso   (éd. BOD)
- Neith (La mystérieuse Nubienne)   (éd. BOD)
- The Nubian (The mysterious Neith)   (éd. BOD)
- Les macarons   (éd. BOD)
- La veuve PLYNN   (éd. BOD)
- Instants ultimes   (éd. BOD)
- Que dire de plus ?   (éd. BOD)
 - Cousine !   (éd. BOD)
- Tu n'es pas la femme de l'homme
            que je suis   (éd BOD)
- The day after in London   (éd BOD)
- Londres : le jour d'après   (éd BOD)
- Ma dernière nuit en Sibérie   (éd BOD)
- My last night in Siberia   (éd BOD)
- Faces   (éd BOD)
- Facettes   (éd BOD)
- GESICHTER   (éd BOD)
- The fragrant book   (éd BOD)
- Le livre parfumé   (éd BOD)
- What do you want to hear that
        I haven't told you ?   (éd BOD)

(www.bod.fr)

Que veux - tu entendre que je ne t'ai pas dit ?

« *La vie doit nous apprendre à lire dans le regard de l'autre les non-dits* »

(Patrick Louis Richard / 1958)

Que veux - tu entendre que je ne t'ai pas dit ?

QUE VEUX - TU ENTENDRE QUE JE NE T'AI PAS DIT ?

Roman

Que veux - tu entendre que je ne t'ai pas dit ?

1

En ce début d'après-midi au cours d'une journée d'automne grise et pluvieuse, le klaxon d'une voiture retentit devant un immeuble de la rue Soufflot à Paris.

Myriam se précipite à la fenêtre.

- « ***Mon taxi est arrivé.*** » dit-elle calmement.

De la fenêtre, elle fait signe au chauffeur, et lui demande de patienter.

Que veux - tu entendre que je ne t'ai pas dit ?

D'un pas nonchalant comme à son habitude, elle retourne dans la chambre à coucher. Elle revient quelques instants plus tard dans le salon, son imperméable et son sac dans une main et dans l'autre, un sac de voyage contenant ses affaires de premières nécessités, un ou deux pantalons, deux ou trois pulls, deux paires de chaussures.

Vraiment le strict nécessaire. Elle enverra chercher le reste de ses affaires lorsqu'elle aura trouvé un point de chute. C'est ce qu'elle a promis à Arthur.

Pour l'heure, Bintou, son amie d'enfance, sa compagne de galère a accepté de l'héberger.

Au cours de cette matinée qui a précédé ce moment où elle se prépare à faire ses adieux *(adieux qui ne feront pas exception à la règle en n'échappant pas à l'ambiance de tristesse qui accompagne généralement les séparations sur un quai de gare où au milieu d'un salon)*, Myriam a longuement réfléchi une dernière fois sur sa décision implacable de s'en aller.

Elle essuie une larme tout en continuant à faire le tri de ses affaires accumulées depuis trois ans dans cet appartement dans elle avait pris ses marques.

Elle doit faire place nette. Elle doit laisser le lieu dans l'état dans lequel elle l'avait trouvé en arrivant dans la vie d'Arthur.

Pour elle, il n'existe pas une autre alternative que celle qui lui commande de s'en aller sans se retourner.

Le principal, c'est de savoir coûte que coûte faire bonne figure, conserver une certaine dignité, une certaine prestance. Après tout, personne ne la chasse. Elle quitte les lieux de son propre gré.

Par conséquent, il ne lui est plus possible de faire marche arrière. Elle aurait l'air de quoi, elle la femme au port de tête remarquable, elle la femme à la posture royale ?

Elle ne joue pas la comédie. Elle n'est pas en train de lui dire : je pars, retiens moi.

Trop fière pour jouer à ce jeu de midinette.

Pourtant, elle n'ignore pas ce que sa décision de s'en aller pourrait lui coûter, notamment, son retour inévitable vers une certaine précarité, vers des lendemains difficiles sachant que, Arthur lui a proposé de reconsidérer sa décision.

Il est indubitable que dès qu'elle aura franchi le seuil de la porte d'entrée de l'appartement, elle se retrouvera seule, même si Bintou fera son maximum pour l'entourer de son affection.

Elle sera récupérée par son amie, mais dans quel état ?

Un état de délabrement psychologique qui ne lui garantit pas la moindre chance de rebondir dans de bonnes conditions même si, les conseils avisés de Bintou l'aideront à se remettre en selle sans trop de dégâts.

Combien, à la suite d'un grand désespoir, ont franchi le pas sans avoir réussi à échapper à la chute vertigineuse dans un trou noir aux parois lisses qui rendent impossible toute remontée vers le ciel bleu, et qui sont capables de désactiver les volontés les plus farouches ?

L'heure n'est pas aux regrets.

En y réfléchissant, comment pourra-t-elle s'appesantir sur un passé qui n'a pas d'avenir, ou qui n'a plus d'avenir ?

Myriam a décidé de quitter un cent cinquante mètres carrés dans le quartier de la Sorbonne, pour un minuscule studio de vingt mètres carrés situé dans la banlieue nord de Paris.

Une régression rendue nécessaire au nom de la sauvegarde de son amour propre.

Mais qu'importe la promiscuité.

Elle a décidé de s'en aller, et c'est la première fois dans sa courte vie, qu'elle entreprend un tel virage alors qu'en apparence, tout semblait lui sourire.

Trop beau pour y croire, se dit-elle en fin de compte.

Pourtant, elle y a cru et cela, pendant près de trois ans.

Trois années de sa vie qu'elle considère aujourd'hui comme totalement perdues à jamais.

Un vrai gâchis.

2

Une rencontre par le plus grand des hasards au jardin du Luxembourg à Paris.

Elle, nounou au service d'une famille bourgeoise, promenant un bébé dans un landau.

Lui, professeur de lettres classiques à la Sorbonne, faisant un détour par le jardin avant de rentrer à son appartement un jour d'été particulièrement ensoleillé.

Une rencontre trop banale pour être considérée comme un signe du destin.

Des milliers de gens se croisent tous les jours dans ce jardin aux mille et une facettes, abritant une multitude de sculptures créées par d'illustres sculpteurs.

Des touristes étrangers, des parisiens, des provinciaux de tous âges.

Et parmi eux, ce jour là, le chemin de Myriam croisa celui d'Arthur.

Généralement discret, Arthur ne résista pas à l'envie de dire « *bonsoir* ».

C'était juste devant la sculpture d' Aimé Millet devant l'orangerie, côté sud, rendant hommage à Phidias.

En levant les yeux, elle découvre le visage de l'homme qui vient de lui dire « *Bonsoir* ».

Mise à part les membres de la brigade des

nounous qu'elle croise journellement dans ce lieu, et avec lesquels elle entretient des rapports cordiaux, elle n'avait jamais bénéficié de la moindre attention de la part de quiconque ayant croisé son chemin, depuis qu'elle est en charge de ce bébé.

- « *Bonsoir Monsieur* » dit-elle poliment.

Arthur esquisse un large sourire.

- « *Je m'appelle Arthur, et vous ?* »

Quelques secondes d'hésitation plus tard :

- « *Myriam.* »

- « *Enchanté ! Vous venez souvent ici ?* »

- « *Oui Monsieur. Tous les jours.* »

- « *Moi, presque tous les jours. Je passe toujours par ici pour admirer cette sculpture de Millet. ... Au fait, vous savez ce que représente cette sculpture ?* »

- « *Non Monsieur.* »

Que veux - tu entendre que je ne t'ai pas dit ?

Alors, Arthur se mit à lui parler de l'hommage de Millet au sculpteur grec Phidias, de la beauté de l'hommage d'un sculpteur à un autre sculpteur.

Tout à coup, il se rend compte que son interlocutrice qui l'écoute par politesse, commence à perdre patience devant ce flot de de paroles passionnées, enflammées.

Non pas par désintérêt, mais parce que le temps passe et qu'elle doit rentrer donner le bain au bébé.

Le moment est mal choisi pour parler sculpture, surtout que pour elle, ce ne sont que des pierres ornant un jardin.

- « *Je vois que je vous embête.* »

- « *Non Monsieur, c'est intéressant, mais je dois rentrer le bébé. Je suis en retard. Excusez-moi.* »

- « *Ok, je vous laisse. Heureux d'avoir fait votre connaissance. ... Au fait, vous êtes du quartier ? Vous allez loin ? »*

- *« Pas trop. Je travaille à la rue Soufflot. »*

- *« Ah ? J'habite rue Soufflot. »*

- *« Ah bon ! »*

- *« Eh oui. ... Vous permettez que je vous accompagne ?»*

- *« Pourquoi pas, puisque nous allons au même endroit. »* dit-elle froidement.

- *« Si cela vous ennuie, je passerai par un autre chemin. Je connais bien le quartier. »*

- *« Ne dites pas de bêtises. »*

3

Rue Soufflot.

Myriam prend congé de son accompagnateur d'un soir, en lui disant à peine au revoir, puis disparaît derrière une porte cochère, pas du tout rassurée.

Elle se dirige vers l'ascenseur en panique, se retournant sans cesse pour s'assurer que le mystérieux monsieur de l'allée du jardin n'ait pas eu la mauvaise idée de la suivre.

Elle appuie à plusieurs reprises sur le bouton de l'ascenseur, frénétiquement, pressée de grimper dans les étages et échapper au danger qui *(selon elle)* rôde autour de l'immeuble.

Le bain du bébé est vite expédié. Le goûter traîne en longueur.

Gagné par le stress de sa nounou, le bébé devient grognon et refuse de coopérer.

Les cuillérées de compote de pomme trouvent bouche close à leur approche, ou tout simplement, violemment recrachées sur le tablier de la nounou.

Myriam est agacée. Elle devient irritée, prête à hurler sur son protégé pour lui faire ouvrir la bouche au lieu de lui susciter l'envie de manger *(comme elle a l'habitude de le faire)* en faisant semblant de diriger la cuillère et son contenu vers sa bouche pour lui indiquer qu'elle va tout manger. Ce qui oblige le bébé *(inquiété de perdre sa nourriture)* à rouspecter et réclamer le contenu de la cuillère. Une ruse qui a toujours bien fonctionné.

Mais, cette fois-ci, elle n'a pas la tête à jouer à la voleuse de cuillérées de compote.

Son esprit est résolument ailleurs.

Sa tendresse et sa minutie habituelles dans ses gestes envers le bébé, semblent avoir disparu.

Elle est impatiente de terminer son service et rentrer chez elle avant la tombée de la nuit.

Myriam est saisie d'une hystérie certaine. Elle ne comprend pas ce qui lui arrive.

Cheminer aux côtés d'un inconnu dans la rue, est une vraie nouveauté pour elle.

Pourtant, le mystérieux et érudit inconnu n'a manifesté la moindre agressivité à son égard, bien au contraire.

Est-ce la peur de ne pas être à la hauteur des attentes de cet inconnu ou bien, l'effet produit par la passion débordante d'un professeur avide de transmettre son savoir qui a pu créer ce malaise chez elle ?

Peut-être, la sensation d'être la victime d'un dragueur qui a cherché un moyen plus ou moins détourné de l'aborder, a déclenché chez elle une colère qui la prive de son discernement.

Il est vrai qu'elle porte toujours en elle, le respect de l'éducation traditionnelle qu'elle a reçue dans son village natal. Cette éducation qui l'empêche de se laisser aborder par un inconnu dans la rue, au nom de la sauvegarde de sa précieuse personne, au même titre que de préserver sa nudité hors mariage. Plus grave : cheminer avec cet inconnu dans la rue, va à l'encontre de sa respectabilité qui ne saurait être entachée du déshonneur compte tenu de l'application stricte des préceptes de sa grand-mère qui les tient elle-même de sa grand-mère.

Si l'on se réfère à la pensée d' Erving Goffman, les traits de caractére qui la définissent comme une femme qui n'est en rien différente d'une autre femme, même si elle se conçoit et se voit comme une femme à part.

Fille d'un chef traditionnel, elle est par la force des choses devenue une nounou.

Ce qui n'est pas si différent de ce qui se passe au village où, tous les enfants sont collectivement gardés et éduqués par la communauté des femmes.

Par conséquent, être une nounou, ne va pas à l'encontre de ses principes, même si, ici à Paris, à l'égard du bébé dont elle a la charge, elle est dans le rôle d'une maman de substitution, avec sur ses épaules, des responsabilités écrasantes.

Donc, sa position sociale ne la disqualifie pas pour autant face à ce professeur, dépositaire du savoir.

Le problème qui apparaît dans cette relation improbable, ne se situe pas au niveau d'un supposé décalage entre le savoir et le non savoir mais entre la spontanéité de l'un qui se heurte à la méfiance de l'autre.

La bonne foi du professeur n'a pas trouvé un écho favorable face à la suspicion de Myriam.

Alors, il n'existerait en aucune manière, le moindre point d'intersection entre l'ignorance du fait d'avoir suscité la méfiance et cette méfiance réelle qui habite Myriam, rendant vaines toutes les pensées qui militeraient en faveur d'un hypothétique rapprochement.

4

Arthur, remonte la rue et rentre chez lui content de sa journée.

Il ignore tout de cette méfiance qu'il a suscitée chez Myriam, la dame au landau.

Une fois débarrassé de ses chaussures et de ses habits de travail, il se livre comme d'habitude à son rituel favori : trois ou quatre tranches de saucisson dans une assiette, du pain, des cornichons, un verre de cidre de pomme, son CD de concerto de Mozart pour clarinette K. 622 qu'il écoute religieusement en dégustant son goûter, battant la mesure avec ses pieds sous la table.

C'est son moment de détente et rien ne saurait le contrarier.

Ensuite des copies à corriger, la préparation des cours du lendemain jusqu'à l'heure du dîner.

Sa rencontre avec Myriam dans ce jardin ne l'a pas marqué outre mesure.

Il lui est déjà arrivé d'effectuer la même démarche auprès de touristes de passage à Paris, visitant le jardin du Luxembourg, sans pour autant se souvenir de chaque visage rencontré.

Pourtant, au moment de se mettre au lit, en faisant le bilan de sa journée, son esprit s'est tout à coup porté sur le visage de cette personne à qui, quelques heures plus tôt, il avait expliqué la sculpture de Millet rendant hommage au sculpteur grec Phidias.

Il se souvient de son visage lumineux, mais

intrigué par la tristesse dans son regard.

Elle semblait faire bonne figure tout en étant absorbée dans ses pensées.

L'impression qu'il a eue lors de cette brève rencontre au cours de laquelle il avait joué au guide touristique, est remontée à la surface.

Il posa la tête sur son oreiller avec cette idée bizarre qu'il voudrait la revoir.

La revoir pourquoi ?

Peut-être pour s'excuser de l'avoir importunée lors de sa promenade avec le bébé dont elle a la garde.

En effet, sa propension à se prendre pour une personne indispensable, le conduit à se considérer comme une personne dont tout le monde a besoin pour se cultiver.

Pour lui, peu importe le lieu: dans une salle de classe, ou dans le grand amphithéâtre de la vie que constituent les rues, les jardins, les parcs, etc..., l'important c'est de parvenir à transmettre le savoir.

Cette déformation professionnelle le conduit parfois vers des situations comme celle qui l'a placé face à Myriam pour laquelle, son envie de transmettre son savoir a été la plus forte.

Généralement, c'est à posteriori qu'il réalise les conséquences de son intrusion dans la vie de personnes qui en fait, ne sont pas en demande de quoi que ce soit.

A la Sorbonne, il est Monsieur Arthur Païchet , professeur émérite, respecté de tous.

Dans le jardin du Luxembourg, c'est un individu lambda dont l'importance est égale à celle de tous ceux qu'il est amené à croiser.

Mais son envie de transmettre son savoir, revient toujours au galop.

Au fond, il n'aime plus le monde qui l'entoure et dans lequel il vit. Il se désole de voir tout cette partie de la population qui se complaît dans une inertie intellectuelle qui la maintient dans une ignorance dont elle n'a même pas conscience.

Sa façon de remédier à cette « catastrophe intellectuelle » *(comme il dit)*, c'est de transmettre le savoir à chaque fois qu'il en a l'opportunité.

Il a toujours rêvé de vivre à Londres pour pouvoir prendre la parole au Speakers Corner *(le coin des orateurs)* à Hyde Park, un haut lieu de la prise de la parole libre.

Pour lui, un tel espace serait le lieu idéal pour « semer la connaissance ».

Mais la Sorbonne est un autre lieu d'excellence en matière de transmission de connaissances.

5

Si telle est sa nature, comment cela se fait-il que deux femmes, *(qui ont partagé sa vie successivement)*, l'ont quitté après quelques années de vie commune ?

Parmi les motifs communément évoqués : le manque de communication, l'ennui.

Comment peut-on s'ennuyer avec une personne qui a constamment soif de communiquer ?

A ce qu'il paraît, il pouvait s'asseoir pendant de longues heures sans ouvrir la bouche, comme si, il n'habitait pas son corps, comme si, son entourage était complètement inexistant, voire transparent, créant ainsi un vide, une atmosphère épouventable, invivable.

Paradoxal n'est-ce pas ?

Lui, le volubile, le communiquant, le sachant, celui qui séduit son auditoire, le chouchou des amphithéâtres, celui qui aborde les inconnus pour leur délivrer son savoir.

N'est-ce pas la pire critique que l'on puisse lui faire s'il s'agit bien de Monsieur Arthur P en le qualifiant de personne insociable selon les allégations de ses deux ex épouses ?

Deux témoignages distincts qui corroborent la même description de cet homme qu'elles ont épousé après avoir été impressionnées par son éloquence, séduites par sa délicatesse.

Vraisemblablement, il s'agit bien de la même personne, celle qui est à l'extérieur cet esprit brillant et qui devient à la maison cette pâle image du mari idéal.

Pour lui qui change de personnalité une fois rentré à la maison, est-ce sa vraie nature qui reprend le dessus ?

Que dire de son attitude à l'extérieur ?

Un rôle de composition ?

Un acteur maîtrisant son rôle à la perfection face à un auditoire conquis d'avance ?

Selon Gilbert CESBRON : « *Les personnes sans personnalité jouent un personnage* »

Que croire ?

Nous avons tous un jour dans notre existence été confrontés à une baisse de régime, un coup de fatigue, une lassitude, nous rendant silencieux, absents, distants. Pour autant, cela n'a pas fait de nous des personnes insociables, des personnes dénuées de toute personnalité.

L'autre question que nous sommes en droit de

nous poser : Arthur est-il malgré tout un homme heureux dans sa vie ?

A moins d'être fidèle à sa vraie nature, il ne peut être heureux, tiraillé entre l'homme qu'il est à la maison et celui que sa notoriété lui impose d'afficher, une fois hors de chez lui.

Les apparences versus la personnalité.

Comment faire la balance entre ces deux notions sachant que, de nos jours, le poids mis sur les apparences est prépondérant par rapport à la nécessité d'affirmer notre personnalité ?

Vue de l'extérieur, la double personnalité d'Arthur semble à la fois complémentaire et contradictoire.

Complémentaire dans le sens où, il a besoin de cette notoriété qui lui donne l'illusion de grandeur à l'extérieur pour compenser sa quasi inexistence à la maison.

Contradictoire parce que sa vie à la maison est synonyme de solitude qui résiste aux bienfaits d'une présence féminine, source d'inspiration et de joie de vivre.

Il porte ce sentiment de solitude en lui au même titre que de porter une croix toute sa vie.

La présence de ses ex compagnes à ses côtés, n'a pas fait le poids face à son profond désir d'être seul.

Alors, quelle est cette idée d'avoir introduit chez lui, une présence étrangère qui n'a fait qu'exacerber le développement et l'affirmation de ce trait de caractère insupportable, qui le rend invivable, voire repoussant ?

Pourquoi ce besoin de vivre à deux puisque son désir profond est d'être seul ?

6

Myriam revint au travail le lendemain la peur au ventre, malgré les conseils de son amie Bintou à qui elle a raconté par le menu, ce qu'il lui est arrivé, conseils qui n'ont pas réussi à la tranquilliser.

Pourtant, selon son amie, c'est peut-être le signe du destin. L'occasion de se mettre à l'abri et s'assurer un bel avenir, finir avec les galères, tirer un trait sur sa vie passée.

Toujours selon cette amie qui lui veut du bien, Myriam devrait provoquer une nouvelle rencontre et tenter de séduire le monsieur.

Ce qui n'est pas du tout du goût de Myriam qui ne se voit pas dans la posture d'une femme au rabais qui cherche à se caser à tout prix.

La vie de Myriam a été tout sauf un conte de fées.

D'un mariage arrangé dont elle s'échappa, sauvée par un cousin bienveillant *(mais secrètement amoureux d'elle)*, patron d'un établissement d'import – export à Milan en Italie.

Très respecté par la diaspora et bien introduit dans les milieux des affaires, il parvient à obtenir un visa pour permettre à Myriam de le rejoindre en Italie.

L'arrivée de Myriam en Italie a été le début d'une suite de déboires.

Les promesses d'un avenir meilleur se sont transformées dès le départ, en une suite de déconvenues : viols à répétition, un emploi de subalterne, une vie quasi carcérale, ne lui permettant pas le moindre épanouissement tant spirituel que physique.

Résultat : une grossesse prévisible, suivie d'un accouchement difficile dans des conditions psychologiquement déplorables.

Les mauvaises surprises se succèdent autour d'elle.

Sa fille âgée de trois ans *(une magnifique poupée aux yeux de biche)* lui est retirée sans préavis et expédiée au pays du jour au lendemain pour y être éduquée dans la pure tradition familiale.

Dépressive, Myriam est à bout de force.

Elle voudrait retourner au pays auprès de sa fille dont elle rêve tous les soirs, mais le cousin bienveillant avait confisqué son passeport et tous les documents lui permettant de circuler en Italie et en dehors de l'Italie.

Elle ne connait que quelques mots en italien,

lui permettant d'aller faire les courses dans le quartier.

Très peu de visages familiers dans son environnement immédiat.
Mais, à la boulangerie, elle finit par sympathiser avec une des vendeuses qui parvint à communiquer avec elle.

Dans la mesure où le cousin bienveillant exige de manger du pain frais tous les jours, Myriam prit l'habitude de se rendre à la boulangerie tous les matins.

Cette corvée n'en est plus une désormais.

Ainsi, le plaisir de revoir sa nouvelle amie tous les matins, sauf son jour de repos, *(elle même obligée de se rendre chez sa mère à qui elle a confié la garde de son fils),* lui a peu à peu redonné le goût de vivre.

Grâce à elle, et dans le plus grand secret, elle parvint à apprendre l'italien qu'elle parle avec une pointe d'accent du village. Qu'importe.

Une étape essentielle pour la reconquête de

sa liberté, car elle avait décidé de reconquérir sa liberté.

Elle ne pouvait se résoudre à finir sa vie en esclavage.

Connaître la langue d'un pays est la chose la plus importante pour « vivre » dans ce pays.

Pour le cousin bienveillant, maintenir Myriam dans l'ignorance complète des us et coutumes de l'Italie est la garantie qu'elle ne cherchera pas à s'échapper.

Il lui avait promis monts et merveilles, notamment, l'apprentissage de la langue et *in fine* reprendre ses études pour acquérir un métier sérieux pour son avenir, et surtout devenir une femme libre, libre de faire ses propres choix dans la vie.

Oui !

7

Pour endormir sa méfiance et lui faire croire qu'elle est restée la villageoise des premiers jours fraîchement débarquée en Italie, Myriam continue d'endurer ses assauts à chaque fois que sa femme se rend dans l'entreprise familiale, lui ne faisant qu'une brève apparition dans la journée.

Pour satisfaire les envies sexuelles du cousin bienveillant, le scenario se déroulait toujours de la même façon.

Dès le départ de la femme légitime, à la seconde près, la voix du maître retentissait depuis la chambre conjugale :

« Myriam ! »

Elle comprenait dès lors le sens de cet appel.

Elle savait qu'elle devrait subir une fois encore les assauts de cet individu répugnant qu'elle appelait « tonton ».

Sur le lit, les poings serrés pour contenir sa colère et éviter de commettre l'irréparable en le mettant en pièces, les yeux fermés pour ne pas voir ce visage hideux et ces yeux lubriques tout près de son visage, les lèvres serrées pour empêcher cette langue pâteuse sortie d'une bouche qui sent mauvais de pénétrer dans sa bouche, s'efforçant de respirer une fois sur deux pour ne pas sentir l'haleine fétide émanant de la bouche pas lavée de ce tonton sans scrupule, le gros porc qui foule du pied le serment fait à la famille au pays, et pour finir, mue par cette irrépressible envie de recouvrer sa liberté en se sacrifiant, elle lui donne accès à son intimité les larmes aux yeux.

Après quoi, il lui ordonnait de mettre de l'ordre dans la chambre pour effacer les traces de son forfait pendant que monsieur allait se prélasser dans sa baignoire en sifflotant, totalement satisfait de son début de matinée.

L'amitié de plus en plus forte qui lie Myriam à la vendeuse a permis, au fil du temps, d'amorcer son émancipation.

Ainsi, elle connut le moyen de ne plus tomber enceinte grâce à l'usage de la pilule contraceptive de dernière génération.

Ce qui lui permet de se tenir à l'abri d'une grossesse non désirée, le tonton refusant obstinément l'usage du préservatif, au nom de la tradition, malgré les suppliques de son esclave.

Elle a pu dès lors échapper aux conséquences d'un nouvel accouchement, synonyme d'un nouveau déchirement.

Consciente du fait que, vu de l'extérieur, son attitude peut être assimilé à une forme de prostitution *(sexe contre nourriture)*, malgré tout, elle se console en se persuadant que pour elle, c'est le prix de sa liberté.

Se sacrifier pour recouvrer sa liberté, est le geste ultime pour atténuer son désespoir.

Pour se justifier *(comme si cela était nécessaire)*, elle évoque l'analogie entre son comportement et celui d'une bête sauvage prise dans les mâchoires d'un piège à loups qui s'auto-mutile pour recouvrer sa liberté et échapper à la mort.

En agissant de la sorte, son but n'est pas d'échapper à la mort, mais de réussir à mettre la main sur ses papiers abusivement détenus par son tonton, étape cruciale vers sa liberté.

Ce qui finit par arriver par un curieux hasard.

En effet, un jour, en faisant le ménage dans la chambre, elle découvrit la sacoche contenant les papiers importants, posée sur la table de chevet, au moment où son tonton se prélassait dans son bain une fois son forfait accompli.

Machinalement, tout en surveillant ses arrières, elle ouvrit la sacoche et découvrit parmi les papiers, son passeport et sa carte de séjour.

Tel un microprocesseur, son cerveau se mit en mode « analyse rapide », battant tous les records de vitesse :

- doit-elle prendre ses papiers et se sauver tout de suite ?

- attendre une prochaine occasion afin de mieux préparer sa fuite tout en ne sachant pas quand cette sacoche refera surface sur la table de chevet ?

Elle a chaud. Elle est surexcitée. Elle a envie d'hurler sa joie à la face du monde. Mais la salle de bain est au bout du couloir.

Devant la sacoche, ses papiers dans les mains, Myriam tremble de tout son être. Elle ne sait pas quoi faire. Elle passe en revue tous les scenarii, allant de l'opportunité de se sauver tout de suite, en passant par l'assasinat du tonton dans sa baignoire à l'aide d'une paire de ciseaux.

Mais, elle finit par choisir la solution la plus raisonnable mais également la plus risquée de son point de vue à savoir, soustraire et cacher ses papiers tout en continuant sa vie auprès de ce tonton comme si tout était normal pour mieux préparer sa fuite.

Alors, vite vite, elle ressort de la chambre et va cacher ses précieux documents dans sa valise et revient terminer son travail dans la chambre à coucher.

8

La journée se déroula sans histoire.

Pas de convocation devant la Gestapo pour savoir où sont passés les papiers.

En effet, de retour de la salle de bain, le tonton, sans inventorier le contenu de la sacoche, la redéposa à sa place habituelle et l'enferma à double tour dans l'armoire dont la clé ne le quitte pas.

Que veux - tu entendre que je ne t'ai pas dit ?

Malgré le calme qui a régné toute la journée, Myriam a passé une très mauvaise nuit.

Son angoisse est réelle. Elle est partagée entre la joie d'avoir retrouvé ses papiers, et l'appréhension de voir son tonton débouler dans sa chambre en hurlant à la recherche des papiers qui auraient disparu de la sacoche.

Trop risqué de garder les papiers dans le seul endroit où irait sans hésiter le tonton en furie.

Que faire ?

La nuit porte conseil, se dit-elle.

Elle finit par s'endormir en milieu de nuit, une moitié d'elle dans les bras de Morphée, l'autre moitié assise sur une chaise, montant la garde devant sa valise.

En clair, une nuit en pointillés.

Le lendemain matin, dans un état d'extrême fatigue ayant cogité une partie de la nuit, elle se prépara pour se rendre à la boulangerie.

Machinalement, elle prit ses papiers, les plaça dans une enveloppe qu'elle glissa dans la poche de son imperméable.

Arrivée à la boulangerie, elle fit la queue comme tout le monde.

Arrivée à son tour, elle demanda comme d'habitude, trois pains Ciabatta. Elle se dirigea ensuite vers la caisse tenue par la patronne.

Mais en passant devant sa copine, elle lui fit signe de la tête. Sandra comprit que quelque chose n'allait pas, vu le visage fatigué de son amie. Elle ne l'avait jamais vue dans un tel état de fatigue.

Alors, Sandra anticipa sa pause et alla la rejoindre dehors devant la boulangerie.

Myriam éclata en sanglots en lui tendant l'enveloppe, en ajoutant :

- « *Sandra, je te confie ma vie. Peux-tu me garder ça s'il te plaît.* »

Sandra est interloquée. Elle hésite à prendre

l'enveloppe ne sachant pas ce qu'elle contient.

- « *Myriam qu'est-ce que c'est ? Que se passe t-il ? Dis-moi s'il te plaît.* »

- « *Ce sont mes papiers que mon cousin avait cachés depuis mon arrivée. Je viens de les retrouver. Il faut que je quitte cette maison. Je n'en peux plus. … Aide-moi s'il te plaît.* »

Sandra la fixa un court instant, puis accepta de prendre l'enveloppe en ajoutant :

- « *Myriam, je te fais confiance. Ne me cherche pas des ennuis. N'est-ce pas ?* »

- « *Non Non Non ! … Rassure-toi. Je t'expliquerai plus tard. Je te remercie infiniment. Tu me sauves la vie. Merci merci merci !* »

Sandra écarta légèrement sa blouse, mit l'enveloppe et son contenu dans une des poches de son pantalon, puis retourna travailler.

Myriam fit de même, le cœur plus léger.

Au moins se dit-elle, son tonton ne pourra plus mettre la main sur ses papiers et contrecarrer son projet d'évasion.

Quelques semaines plus tard, après bien des péripéties, contre toute attente, Myriam arriva à Paris, accueillie par Bintou, son amie d'enfance.

La priorité des priorités : trouver un travail.

Qu'est-ce qu'elle sait faire ?

Pas grand chose, mise à part s'occuper de la propreté de l'appartement de son tonton bienveillant et accessoirement, assurer sa bonne humeur matinale une ou deux fois par semaine.

Eu égard à cette sensation persistante de manque presque maladive qu'elle éprouve depuis que sa petite fille lui a été enlevée, le seul job qui pourrait lui permettre de combler ce vide laissé par sa fille expédiée au pays, et faire disparaître ses angoisses, consisterait à la faire graviter autour d'un métier la mettant en présence d'enfants et en relation avec leur éducation.

Elle pourra ainsi « jouer » à la maman de substitution tout en gagnant sa vie.

Myriam choisit de prospecter en direction d'un emploi de nounou.

C'est ainsi qu'elle attérrit rue Soufflot dans une famille bourgeoise qui n'avait pas hésité à l'embaucher, de par son calme, ses bonnes manières, et de surcroît parce qu'elle parle italien, la maîtresse de maison étant d'origine italienne elle-même.

9

« *C'est peut-être un signe du destin* » lui avait dit Bintou.

Malgré son aversion avérée pour tous les tontons de la terre, voire de tout l'univers, cette petite phrase retentit dans tout son être avec un écho particulier.

Cependant, elle fait tout pour s'en débarasser en tentant de se concentrer sur son travail.

Le calme est enfin revenu.

Le programme de la matinée : faire deux ou trois courses dans la superette voisine pendant que le bébé partira chez le pédiatre avec sa maman.

Ensuite, en entendant le retour de bébé, un peu repassage. Activité qui lui rappelle sa vie passée. Mais cette fois-ci, elle est payée pour le faire. Cela passe mieux.

Milieu d'après-midi.

L'heure de la promenade quotidienne.

Myriam s'attarde devant le miroir accroché dans l'entrée.

Le bébé s'impatiente dans les bras de sa maman.

Enfin :

- « *Andiamo !* »

Jérémy lui tend les bras. Elle le récupère et le

serre très fort dans ses bras.

Martine ne comprend pas. Depuis que Myriam est à son service, c'est la première fois qu'elle observe un tel comportement. Elle s'inquiète :

- « *Tutto bene, Myriam ?* »

- « *Si, signora.* »

Rue Soufflot. Myriam prend la direction du jardin du Luxembourg.

Voie dégagée. Allure modérée. Sens en alerte.

Pour l'instant, tout va bien.

Le jardin du Luxembourg en vue.

Le circuit habituel. Une fois, deux fois, trois fois.

R.A.S . Pas d'attroupement devant un guide auto-proclamé.

Attente vaine.

Retour à la maison.

Rue Soufflot, plus haut.

Jour de repos.

Arthur en célibataire bien organisé, procède au nettoyage de son appartement. En fin de matinée, courses à la superette. Activités ordinaires d'une journée de repos.

Que veux - tu entendre que je ne t'ai pas dit ?

10

Les jours passent. R.A.S . Vie normale dans ce quartier bourgeois.

Puis un jour, en se rendant à la superette, Myriam tomba nez à nez avec Arthur qui sortait de chez lui pour se rendre à la Sorbonne.

Arthur, muni de son cartable jaune, s'arrêtta devant elle.

- « ***Bonjour.*** »

Que veux - tu entendre que je ne t'ai pas dit ?

Myriam le reconnut.

- « *Bonjour Monsieur.* »

- «*Vous sous souvenez de moi ? Nous nous sommes vus devant la sculpture de Millet au jardin du Luxembourg.* »

- « *Oui je me souviens.* »

- « *Je voulais vous revoir pour vous présenter mes excuses.* »

- « *Pourquoi ?* »

- « *De vous avoir importunée en vous abordant comme je l'ai fait.* »

- « *Ce n'est pas grave Monsieur.* »

- « *S'il vous plaît, cessez de m'appeler Monsieur, je m'appelle Arthur. Et vous ?*»

- « *Myriam.* »

- « *Enchanté ! Vous allez où comme ça ?*

Vous ne travaillez pas aujourd'hui ? »

- « *Oui je travaille. Je vais faire quelques courses à la superette.* »

- « *Ok ! Moi je vais donner mes cours à la Sorbonne.* »

- « *Ok ! Je vous souhaite une bonne journée.* »

- « *Merci Myriam. A vous aussi.* »

Mais au moment de se quitter, mû par un désir soudain, Arthur osa lui proposer de se revoir.

- « *Myriam j'habite ici au deuxième étage. Passez un jour prendre une tasse de thé si vous en avez envie. Cela me fera plaisir de discuter avec vous.* »

Myriam hésite un moment puis :

- « *Je passerai peut-être, un de ces jours.* »

- « *Alors, à très bientôt.* »

Myriam s'éloigna.

Le soir, de retour chez elle, Myriam raconte à Bintou avec tous les détails, sa deuxième rencontre avec le professeur.

Bintou s'écria en levant le bras au ciel :

- « *Ma sœur, je te l'ai dit, c'est le signe du destin. … Va prendre le thé et le petit déjeuner en même temps. S'il te propose également le dîner, accepte ! S'il te propose de lui faire un bébé, accepte ! Accepte tout ! Tu as compris ?* »

- « *Bintou, tu es vraiment malade ! Il m'a juste proposé une tasse de thé. Rien d'autre.* »

- « *Oui on sait où commence la tasse de thé et où elle finit.* »

- « *Ne sois pas bête !* »

- « *Sérieux, promets moi d'aller le voir.* »

- « *A vrai dire, je ne sais pas encore, je vais y réfléchir.* »

- « *Réfléchis vite et bien ma sœur, ne laisse pas passer ta chance.* »

11

Une semaine passa.

Bintou continue son harcèlement sans se fatiguer.

Myriam ne se décide toujours pas.

Son traumatisme est toujours vivace. Elle n'arrive pas à oublier sa peur des hommes.

A peine sortie des griffes de l'enfer qu'a été sa vie, aveuglée par sa haine pour tous les êtres qui arborent un pénis entre les jambes, et ressant encore les stigmates de ces années de souffrance dans sa chair, elle n'arrive pas à faire le deuil de ce passé horrible, ce qui ne lui permet pas *(en tout état de cause)* de faire la différence entre les prédateurs qui ont massacré sa jeunesse et les bonnes intentions d'Arthur qui semble être la piste à explorer avec *(bien entendu)* mille et une précautions.

Elle se demande comment elle pourrait se comporter face à un homme qui la désire, animé d'un amour *(visiblement)* sincère ?

Comment livrer son corps pour que des mains réputées « inappropriées » puissent le toucher ?

Comment parvenir à désserrer les cuisses devant un homme venu de nulle part sans manifester cette répulsion auto-protectrice ?

Comment reconnaître un homme sincère parmi la multitude ?

C'est quoi un homme sincère ? Se demande t-elle.

Est-ce celui qui vient avec de bonnes intentions et des promesses au bord des lèvres ?

Celui qui se présente avec toutes ses imperfections, sa ruguosité, son mauvais caractère et qui fait comprendre à l'être aimé que tout est perfectible ?

Ou encore, celui qui reste, même lorsque le désir s'est évaporé tel un flacon de parfum qui au fil du temps a laissé échapper sa fragrance tout en restant en bonne place sur la coiffeuse ?

Comment savoir si sous la carapace, il existe un cœur magnifique, prêt à battre encore plus fort pour absorber le trop plein d'amour que l'on pourra lui manifester ?

Un proverbe soufi nous apprend ceci :

« *La sincérité est la perle qui se forme dans la coquille du cœur.* »

Alors, imaginons le lent processus qui permet la formation de la perle.

Au départ, combien de coquilles, et à l'arrivée, combien de perles ?

Gros soupirs.

Bintou est desespérée face à tout ce questionnement qui sape sa tentative de faire céder son amie Myriam afin qu'elle puisse goûter à son tour avant de mourir, la chair de ce fruit si particulier, à la saveur sucrée et addictive qu'est le bonheur.

Pour elle, ce questionnement n'a pas lieu d'être. Il s'agit de saisir cette main que lui tend le destin.

Mais la main du diable *(aux ongles sales et crochus),* n'est-elle pas souvent gantée ? Des gants immaculés, magnifiques, à la texture incroyablement soyeuse.

Elle semble oublier ce détail.

Elle n'a que faire de ces considérations diaboliques. Diable ou pas diable, ce qui importe pour elle, c'est cette tasse de thé qui attend désespérément sa copine, rue Soufflot.

Que veux - tu entendre que je ne t'ai pas dit ?

12

Harassée par les suppliques quotidiennes de Bintou, Myriam prit la décision d'honorer de sa présence, l'invitation proposée par Arthur.

Cela ne peut se passer qu'un jour de repos, un samedi ou un diamanche.

Pourquoi ?

C'est comme ça !

Que veux - tu entendre que je ne t'ai pas dit ?

Bintou est soulagée.

A présent, comment s'habiller ?

Un pantalon pour plus de sécurité ?

Une robe, mais laquelle pour le tea party non pas chez la reine d'Angleterre, mais rue Soufflot chez Arthur ?

Nouvelles soirées animées chez Bintou qui opta pour la robe.

Elles ont une semaine pour trancher. Les discusions vont bon train. Des séances d'essayages rythment les soirées.

Et un soir, enfin elles tombent toutes les deux d'accord sur la robe, mais pas pour les mêmes raisons : pour Myriam, elle n'est pas trop courte, elle couvre bien ses genoux. Pour Bintou, elle est bien moulante, faisant ressortir ses formes, ce qui est essentiel pour l'objectif à atteindre.

Elle trépigne de joie. Elle a presque réussi.

Elle se propose de la coiffer.

Un Afro Puff par exemple *(coiffure qui consiste à attacher les cheveux afro afin d'avoir un chou volumineux)*, mettrait son visage en valeur.

Myriam accepta la proposition sans discuter.

Un premier rendez-vous se doit d'être décisif, ne cesse de rabâcher Bintou.

Un argument qui finit par trouver un écho favorable chez Myriam.

Mais elle n'en démord pas : ce n'est qu'une invitation à prendre le thé.

Elle ne veut pas se sacrifier pour satisfaire les caprices de Bintou qui se prend pour une «marieuse » un peu comme au pays depuis l'annonce de l'invitation.

Elle ne lui en veut pas. Elle la trouve même touchante, elle qui a raté sa vie de couple, il n'y a pas si longtemps.

Elle ne lui en veut pas dans la mesure où, elle tient à son bonheur. Enfin une personne qui veut son bien après toutes ces années.

Cependant, elle ne voudrait pas être sa marionnette qu'elle manipulerait à son gré sous le couvert de rechercher de son bonheur.

13

Samedi, seize heures très précisément, rue Soufflot.

Un taxi vient de se garer.

A bord, Myriam, parée comme un jour de noces, paie la course et descend de voiture en y laissant les éffluves d'un parfum de grand prix.

Elle sonne à l'interphone. La porte se débloque. Elle pénètre dans l'immeuble, et monte au deuxième étage.

En attendant l'arrivée de l'ascenseur, Arthur sort de l'appartement et se tient debout devant sa porte.

Arrivée de l'ascenseur.

La porte s'ouvre.

Myriam surgit dans toute sa splendeur et avance vers lui.

Arthur n'en croit pas à ses yeux.

La beauté éclatante de son invitée en accord parfait avec sa tenue vestimentaire et sa coiffure *(bravo Bintou),* le laisse sans voix.

Il la dévisage longuement. Myriam en est presque gênée.

Puis :

- « ***Bonjour Myriam.*** »

- « ***Bonjour Arthur.*** »

- « *Soyez la bienvenue.* »

- « *Merci.* »

- « *Vous êtes splendide.* »

Myriam esquisse un sourire qui met en valeur ses fossettes qu'Arthur n'avait pas remarquées jusque là.

Arthur l'invite à entrer dans l'appartement la première.

Myriam s'exécute sans trop se presser. Ce qui donna l'occasion à Arthur de l'observer de dos. Il est subjugué par tant de beauté.

Arthur referme la porte et la rejoint au bout du couloir qui mène au salon.

En hôte bien élevé, Arthur lui propose de visiter les lieux.

Myriam accepte.

Bintou aurait voulu être une petite fourmi

pour se dissimuler dans un coin de l'appartement et observer ce qui ce qui s'y passe, même si Myriam lui a promis de tout lui raconter. Elle est persuadée de ne pas revoir Myriam de si tôt. Elle seule sait pourquoi.

Petite précion : elle a beaucoup insisté pour que Myriam porte des perles autour de la taille sous sa robe. Une fois encore, elle seule sait pourquoi.

Pour les « néophytes », il s'agit de la touche finale à ne pas négliger pour un rendez-vous réussi.

Bien que Myriam ait accepté de se parer de ces perles, elle garde néanmoins en elle, cette réserve, cette quasi froideur qui découragerait les courtisans les plus courageux, les plus entreprenants.

Dans l'appartement, Arthur avait bien fait les choses : du thé, de la patisserie et du Mozart *(sa touche finale à lui)*.

Entre deux compliments, passant du coq à

l'âne, Arthur ne peut s'empêcher d'étaler sa culture. Tout y passe : la cérémonie du thé au Japon, utilisant des termes savants tels, chanoyu, sado, ou encore chado, le lien entre cet art traditionnel inspiré en partie par le bouddhisme, … , la composition du gâteau servi, gâteau sans gluten, les dommages causés par le gluten, la structure des concerti de Mozart.

Durant ce moment de partage du thé qui par définition devrait être synonyme du temps suspendu, un instant pendant lequel le silence est d'or, Arthur occupa tout l'espace sonore sans discontinuer, transformant son salon en amphithéâtre.

Myriam fit bonne figure tout au long de cet après-midi de culture générale.

14

De retour à la maison autour de dix-huit heures, Bintou se précipita :

- « *Alors ? Raconte !* »

- « *Il n'ya rien à raconter.* »   répond Myriam tout en se déshabillant.

- « *Tu blagues ?* »

- « *Non !* »

Que veux - tu entendre que je ne t'ai pas dit ?

- « *Tu es allée faire quoi alors ?* »

- « *Prendre le thé.*»

- « *Alors ?* »

- « *Nous avons pris le thé. … Bintou, laisse moi respirer s'il te plaît.* »

- « *Et c'est tout ?* »

- « *Oui !* »

- « *Rassure-moi, vous allez vous revoir ?* »

- « *Oui, il paraît.* »

- « *Quand ?* »

- « *La semaine prochaine.* »

- « *Toujours pour prendre le thé ?* »

- « *Non, pour déjeuner.* »

- « *Ma sœur, refuse le restaurant, il faut déjeuner chez lui. Tu veux que je te prépare*

Que veux - tu entendre que je ne t'ai pas dit ?

le déjeuner à emporter chez lui ? »

Myriam sourit.

- « *Bintou, tu te crois au village ? »*

- « *Village ou pas village, il faut y arriver ma sœur. »*

- « *Bintou, tu n'as vraiment pas de moralité. »*

- « *Qui te parle de moralité ? Tu crois que c'est le moment de parler de moralité ? Il faut récupérer ce que le ciel t'a envoyé. C'est tout ce qu'on te demande. Ma sœur, ne me déçoit pas. Ok ?»*

Myriam éclate de rire, et n'arrête pas de rire.

- « *Bintou ! Ecoute-moi : le ciel ne m'a rien envoyé et il n'y a rien à récupérer. »*

- « *Sérieux, tu veux que je te prépare quelque chose pour ton déjeuner avec lui dimanche prochain ? »*

- « *Non, ça ne se fait pas. ... J'aurais l'air de quoi ? Tu me vois arriver chez lui avec ma marmite ? ... Tu n'arrêtes jamais ?* »

- *Non, tant que l'affaire ne sera pas dans le sac. Tu peux me croire.* »

Myriam poussa un gros soupir.

15

Deux ou trois déjeuners plus tard, l'entente entre Myriam et Arthur s'était transformée en une envie de se voir plus souvent.

Les conseils avisés de Bintou commencent à produire leurs effets.

Prochaine étape, selon elle, Myriam doit aller s'installer chez Arthur.

- « *Tu n'y penses pas un seul instant. Je ne*

Que veux - tu entendre que je ne t'ai pas dit ?

suis pas une fille à caser. Je ne fais pas partie des invendus restés sur les étales d'un marché qui doivent être bradés à la fin du marché. Si Arthur ne me demande pas, jamais je me permettrai d'aller m'incruster chez lui. Un tel comportement me deservirait plutôt que de m'apporter quelque chose de positif dans cette relation que je commence à apprécier. »

- « *Tu appelles ça une relation ? Vous vous voyez de temps en temps, vous vous regardez dans le blanc de l'oeil et tu rentres à la maison. Tu appelles ça une relation ? ... Dis-moi Myriam, a-t-il tenté de t'embrasser ? Dis-moi franchement.* »

- « *Non. Pourquoi tu me demandes ça ?* »

- « *Non ? Il n'a jamais tenté de t'embrasser avec tout ce que tu lui mets dans la vue ?Il n'a pas envie de tes lèvres ? Non ? Ah voilà ce que je disais. Quelle est cette relation qui te fait perdre ton temps ?* »

- « *Bintou, c'est juste une amitié. Rien de plus. Tu peux comprendre ça ?* »

- « *Amitié ! Amitié ! Laisse-moi rire ma sœur.   Tu ne trouves pas qu'il est grand temps de prendre ta revanche sur la vie ?* »

- «   *Revanche sur quoi ? Pourquoi cela devrait-il retomber sur lui ? Qu'a-t-il fait pour mériter ça ? Parce qu'il ne m'a pas encore embrassée ? Il le fera peut-être quand le moment sera venu, et si comme tu me l'as souvent dit, il incarne ce signe que le destin m'a envoyé. ... C'est un monsieur extrêmement gentil avec moi. Il est très cultivé. Il m'apprend des choses dont je n'avais même pas idée.* »

- « *Ok ! Si tu veux apprendre des choses nouvelles, alors, il vaudrait peut-être mieux que tu retournes à l'école. Ne me déçois pas ma sœur. Je te le répète pour la dernière fois.* »

Sur ces belles paroles, Bintou alla se coucher.

Myriam resta un moment seule puis alla se coucher à son tour.

Comme d'habitude, les mots martelés par son amie Bintou, continuent de résonner dans son esprit.

Et si elle avait raison ?

Elle est consciente que le courant passe bien entre eux, mais peut-être, ce signe du destin a-t-il réellement besoin d'un petit coup de pouce comme le suggère Bintou ?

Rien n'est moins sûr.

Qu'importe le lieu où elle vit, mais pour elle, la tradition lui interdit une telle démarche. Elle ne peut aller provoquer une union avec un homme qu'elle connaît à peine.

Une femme se désire. Une femme se mérite.

Oui mais, avec de telles oeillères, elle n'ira pas bien loin et ne pourra qu'échouer dans sa quête du bonheur, du moins, en ne suivant pas les bonnes recommandations de son amie Bintou qui semble mieux cerner la situation de par son positionnement extérieur.

En effet, de son poste d'observation, et en tenant compte du passé douloureux de son amie, Bintou, est à même de piloter les événements. Son désir le plus cher, redonner le frisson à son amie.

16

L'idée a fait son chemin.

Myriam semble plus déridée, plus ouverte, plus provocatrice.

Arthur remarqua la métamorphose.

Myriam ne marche plus à côté de lui comme une personne cheminant avec une autre personne.

Désormais, elle lui prend le bras lors de leurs

promenades à travers Paris.

Dès lors, il peut oser une certaine approche pour gagner le cœur de son amie.

Ainsi, il l'invita un soir au restaurant pour lui annoncer son désir de lui proposer de vivre avec lui.

En femme digne et respectueuse de la tradition, elle réserva sa réponse jusqu'au lendemain. Ce qui lui a vallu des cris de son amie Bintou qui lui reprocha son excès de pudeur.

Le lendemain, la réponse est oui. Un oui définitif.

Alors, pour la première fois, Arthur entreprit de l'embrasser. Elle accepta de se rapprocher de lui en le regardant fixement dans les yeux. Elle se laissa enlacer. Elle lui fit la même chose. Elle reçut ce premier baiser avec beaucoup d'émotions, le premier de sa vie en tant que femme libre. Car pour la première fois, elle pouvait décider qui pouvait la toucher. Elle put goûter à cette saveur qu'elle s'était interdite durant toutes ces années.

Cette première étape fut relatée dans les moindres détails à Bintou, la coach au grand cœur, jusque là insatisfaite des lenteurs des événements. Si cela ne tenait qu'à elle, un bébé serait déjà mis en route. Le bébé du bonheur qui ne remplacera pas celui qui a été expédié au pays, mais qui sera le témoignage du bonheur retrouvé, qu'importe sa couleur.

De par sa nature, dans les griffes du diable ou dans les bras d'un gentilhomme, Myriam ne sait pas se donner.

D'aucun dirait qu'elle n'est pas une femme dégourdie c'est à dire, habile et active.

Elle n'est pas le genre de femme qui se comporterait de façon légère dans le secret de la chambre à coucher. Elle est une femme réservée qui subirait plutôt que d'assurer la conduire des événements. Elle ne sait pas dire : fais-moi ci, fais-moi ça. Cela est sa nature profonde, et son passé douloureux n'a pas arrangé les choses.

Alors, sans se faire prier, la coach Bintou lui livra quelques recettes bien à elle pour lui permettre de transformer un cœur froid en un volcan sulfureux, crachant des flammes.

Cela a eu pour effet de la faire rire, ne se voyant pas dans la peau d'une séductrice.

N'ayant aucune référence en la matière, son image du couple est à inventer.

Mais, Arthur est-il le bon partenaire pour accompagner cette résurrection ?

Que pourrait lui apporter ce personnage deux fois marié, qui n'a jamais voulu faire des enfants, qui est centré sur sa propre personne ?

Ces paramètres ont totalement échappé à l'analyse de Bintou lorsqu'elle l'a littéralement poussée dans les bras d'Arthur.

Paramètres cruciaux qui détermineront le devenir de ce couple qui vient à peine de naître.

Myriam ignore tout de ses facultés réelles à s'auto-déterminer. Elle ignore son potentiel à devenir la femme rêvée pour Arthur. Elle n'a probablement pas besoin de l'autorité et le soutien d'un homme pour s'épanouir dans le sens « occidental » du terme.

Elle devra apprendre tous les codes et savoir les décoder, face à Arthur, dans la vie réelle avec Arthur.

Idem pour Arthur qui pour la première fois, se confronte concrètement à une autre civilisation que la sienne, à travers une femme nouvelle dans sa vie.

Toutes ses connaissances livresques ne lui seront d'aucune utilité face à la réalité de la vie, en la présence de Myriam qui vient à lui, l'âme balafrée et abîmée.

Quand Arthur lui as dit ce soir là :

« *Veux tu vivre avec moi ?* »

qu'a t-il voulu dire ?

Que signifie cette question sur l'une ou l'autre des rives de cette même rivière qui coule entre eux ?

Pour Arthur, cela pourrait signifier :

« *Reste avec moi, profitons ensemble de la vie, soyons heureux.* »

Pour elle :

« *Ok, je viens mais occupe-toi de moi, rends-moi heureuse.* »

Pour Bintou, au milieu de cette rivière faisant la liaison subtile entre eux deux :

« *Viens, installe-toi, fais moi des gosses autant que tu pourras.* »

Pas simple !

Mais pour simplifier, pourrait-on appliquer à leur couple naissant le précepte de Nelly Alard à savoir :

« *Le mari fait le couple, la femme fait la*

famille. »

Vaste question.

Que veux - tu entendre que je ne t'ai pas dit ?

17

Les premiers mois de sa nouvelle vie furent au-dessus de ses espérances.

Un véritable enchantement, la découverte de la vie à deux par consentement mutuel. L' apprentissage de l'art d'apprivoiser l'autre, le plaisir de vivre dans l'espoir non dissimulé d'une perpétuelle félicité, la confirmation que les rapports charnels ne sont pas synonymes de souffrance et d'avilissement.

Myriam s'applique jour après jour à devenir, à incarner la femme qui donne et qui reçoit.

Ce qui *(vu depuis la rive de la tradition)* est une surprenante nouveauté pour elle, habituée traditionnellement à donner sans rien recevoir en retour.

Elle prit conscience de la nécessité de faire cohabiter la tradition avec les réalités de sa vie avec Arthur.

Cela n'a pas toujours été facile pour elle, parfois contrainte de faire le grand écart pour éviter la rupture.

Et qui dit rupture, dit désaccord, ce qui implique de garder une certaine distance permettant d'analyser froidement ce qui pourrait *(sous le prisme de la relation homme / femme, ou bien d'un point de vue civilisationnel)* semer la discorde dans le couple.

De son côté, Arthur n'a pas eu un autre choix que de se conformer aux exigences véhiculées par l'image de l'homme dans une relation de couple, à savoir : celui qui rassure, celui qui soutient, celui qui est le pilier.

Il semble que la joie de se retrouver le soir, *(elle, dans son rôle de la femme aimante et attentionnée, lui, le pilier sur lequel elle peut s'appuyer et lui confier ses préoccupations)*, ait été le ciment de leur couple, en dehors de toutes les autres considérations.

Myriam semble heureuse, mais d'un autre côté, elle est constamment en demande à la grande surprise d'Arthur : en demande affective, en demande communicationnelle, en demande sexuelle.

En face, pour Arthur qui, dans ses habits de communiquant, auréolé de son dynamisme affiché, de son charme naturel, tout concoure à garantir la réussite de ce challenge.

Mais, peu à peu les projets de vie *(mariage, enfants, voyages)* fédérateurs au début de la relation, sont constamment reportés à plus tard sans un motif valable.

« ***On verra.*** »

Que veux - tu entendre que je ne t'ai pas dit ?

La phrase habituelle entendue à chaque rappel de Myriam dont l'intention est de suppléer son compagnon *(appelé à d'autres tâches)* afin de le décharger de l'organisation de ces événements dont il est question et qui lui tiennent à coeur.

Inlassablement, Myriam remet au centre du couple ces projets de vie *(essentiels pour elle, essentiels pour la survie de son couple)* pour qu'ils ne soient pas jetés aux oubliettes.

Démarches vaines.

Elle fait la sourde oreille aux injonctions de Bintou de tomber enceinte en catimini, soit disant pour mettre Arthur au pied du mur, Mais, de par sa nature, et en considérant qu'un enfant se fait à deux, elle ne peut se résoudre à une telle manœuvre qui la discréditerait d'office et aggraverait la fragilité qui commence à poindre au sein de son couple.

Les mois ont passé.

Le couple est au début de sa deuxième année.

Rien ne bouge. Les journées passent et se ressemblent toutes.

Arthur commence traîner les pieds au moment de rentrer à la maison. Il ne supporte plus cette pression constante qu'il croit déceler dans les yeux de sa compagne qui de son côté, s'enferme de plus en plus dans un silence qui ne présage rien de bon.

Un silence annonciateur d'un orage puissant et dévastateur.

Myriam veut éviter à tout prix d'en arriver là. Elle s'est trop investie dans cette relation pour échouer si près d'un but dont les contours sont de plus en plus flou.

18

Bintou ne désarme pas.

Sentant que la situation lui échappe d'une part, et pour éviter qu'elle ne devienne totalement hors de contrôle d'autre part, elle étudie toutes les options et multiplie ses conseils pour aider son amie à sen sortir.

L'inventaire des mesures préconisées par elle, comporte des actions hétéroclites du style :

séances de prières à l'église, journées de jeûne pour invoquer le saint patron des causes désespérées, et si cela ne suffit pas, recours au marabout au pays.

Myriam pense qu'aucune intervention (fusse-t-elle divine) ne saurait remplacer le bon vieux dialogue qui permet d'apaiser les tensions et de reconstruire l'édifice fissuré.

Oui, rétorque Bintou, à condition que son cher « Beau » *(comme elle l'appelle)*, soit disposé à écouter et dialoguer. Elle ne comprend pas pourquoi Myriam ne le met pas au pied du mur et l'obliger à l'épouser.

Au pays comme elle dit, il y aurait eu une délégation d'anciens du village qui aurait effectué le déplacement pour tenter de raisonner le fiancé récalcitrant.

Mais, il n'y a pas de fiancé, elle n'est pas au pays, encore moins au village.

Elle semble ignorer ce qu'est la vie en occident où tout est question de consensus, où rien ne s'obtient par la force ou de manière arbitraire.

Les gens se marient librement et se quittent librement.

Rien ne saurait se substituer au sacro-saint principe de la liberté individuelle.

Myriam a compris cela et ne peut donc obtempérer aux multiples injonctions de son amie.

A la rigueur, dans son dialogue intérieur avec son créateur, elle pourra subrepticement glisser une petite supplique pour solliciter son aide. C'est tout ce qu'elle accepterait de faire face au désespoir de son amie.

Vu de l'extérieur, Myriam ne semble pas être affectée outre mesure par la situation au sein de son couple. Elle s'en étonne elle-même, surprise de se voir aussi confiante compte-tenu de l'inévitable déliquescence qui guette son couple.

Début de la troisième année de la vie à deux.

Le bilan : pas très glorieux.

Parfois une lueur d'espoir, parfois le désespoir complet.

Bintou jette l'éponge et se tient désormais loin de cette affaire. Elle est déçue par l'attitude de son amie qui persiste à vouloir se conformer aux règles de la bienséance.

Elle s'étonne de voir son amie aussi calme au milieu des bruits et de l'impatience.

Rue soufflot : Myriam, dans un dernier effort, tente d'instaurer une discussion.

Arthur semble imperméable aux desiderata de sa compagne.

- « *Alors, que faisons-nous ensemble ?* » lui demanda t-elle en soupirant.

- « *Nous sommes ensemble, n'est-ce pas le principal?* »

- « *Non, tu te trompes, nous ne sommes pas ensemble, nous vivons ensemble.* »

- « *Tu veux faire de la sémantique ?* »

- « *Oh non ! Loin de moi cette idée Monsieur le professeur ! Je ne ferai pas le poids face à toi, mais je voudrais que tu m'entendes, que tu comprennes combien je souffre, combien je suis malheureuse.* »

19

Le jour qui a suivi cette dernière tententive de discussion, Myriam se rendit à l'église pour se recueillir, un peu comme lorsque l'on revient à la maison après avoir goûté aux affres de la vie, pour essayer de reprendre un peu de force et un peu d'espoir.

Elle n'est pas une chrétiene pratiquante, mais elle croit en Dieu. Elle croit en cette force qui est au-dessus de toutes les forces et qui est capable de faire bouger les montagnes.

Mais, se dit-elle, où est ce Dieu qui l'a vue se débattre dans sa nouvelle vie après avoir connu des souffrances atroces, sans intervenir et l'aider à se sortir de cette situation ?

Où est-il ?

Où est-il ?

Se demande t-elle en pleurant.

Elle a envie d'hurler dans cette église dans laquelle son cri aurait eu une résonance particulière car, c'est effectivement dans cette église que, Arthur et elle se sont arrêtés tout au début de leur relation de couple, à la demande de Myriam, pour se présenter l'un et l'autre en se tenant par la main devant le Seigneur pour obtenir sa bénédiction, en attendant d'officialiser leur union par le mariage.

Elle ne pouvait pas se donner à lui sans avoir fait ce geste, un peu pour légitimer cette union dans laquelle tout ce qui sera fait ou sera entrepris, sera nécessairement sanctifié.

Elle en est convaincue.

Elle ne voit pas les choses autrement.

Arthur a été bâptisé, mais ne pratique pas sa religion comme un chrétient. Il ne connait aucune prière. Il ne met jamais les pieds dans une église, même pas pour les obsèques de son père. Mais, pour elle, *(mû par il ne sait quelle force)*, il effectua cette démarche sans réflechir, en pénétrant avec elle dans cette église pour obenir la bénédiction de Dieu. Ce qu'il n'avait pas fait avec ses deux ex épouses ?

C'était une évidence pour lui.

Il croyait en cette union.

Il en a été l'instigateur.

Il a fait sa demande. Myriam l'a suivi dans cette démarche, volontairement et en toute confiance.

Ensuite, elle passa du temps avec son amie Bintou qui accepta de la voir, après avoir décidé de se mettre en retrait.

Discussion houleuse autour de la décision de Myriam de quitter Arthur.

Bintou est furieuse.

Elle ne comprend pas le comportortement de son amie. Elle finit par croire qu'elle serait atteinte par une supposée malédiction.

Elle lui propose d'attendre un peu pour lui permettre de demander à sa sœur restée au village de lui envoyer des plantes réputées chasser les malédictions.

Ainsi débarrassée de cette malédiction, elle pourra obtenir tout ce qu'elle voudra avec Arthur.

Peine perdue.

Myriam a pris sa décision.

Elle obtint la permission de retourner vivre

chez elle quand elle aura quitté Arthur.

Ensuite, elle rentra à l'appartement.

Que veux - tu entendre que je ne t'ai pas dit ?

20

Quelques jours plus tard, elle prépara le déjeuner comme d'habitude, puis, elle commanda un taxi pour plus tard dans l'après-midi

Au cours du déjeuner, elle tente une ultime discussion

Elle se heure une nième fois à un mur.

Que veux - tu entendre que je ne t'ai pas dit ?

Une petite ouverture lui aurait permise de décommander le taxi. Mais ….

Alors, ce jour-là, la mort dans l'âme, elle lui annonce qu'elle va s'en aller.

Arthur semble ne pas percevoir les vraies raisons de la décision de Myriam de le quitter.

Il sait que depuis quelques jours, le climat s'est considérablement détérioré entre sa compagne et lui.

L'atmosphère était devenue invivable, chacun évitant soigneusement l'autre.

Myriam s'était annexé le canapé du salon depuis plusieurs semaines et ne supportait plus le moindre contact physique avec son compagnon.

Elle se couvrait totalement en sortant de la salle de bain. Il n'était plus question de la moindre intimité entre eux.

Depuis peu, le tri dans l'armoire de la chambre à coucher vient confirmer l'arrivée des premières gouttelettes de pluie annonciatrices de l'orage qui commence à gronder dans le ciel au-dessus de la rue Soufflot.

Autre signe : La valise et le sac de voyage, remontés de la cave et dépoussiérés attestent que quelque chose se prépare.

Les seuls moments à deux : les repas.

Curieusement, c'est le seul privilège que Myriam continue de consentir à Arthur.

Les repas continuent d'être préparés avec le même amour et les mêmes attentions qu'au premier jour de leur vie à deux.

Vu du côté de la rive tradition, il n'y a rien d'étonnant. Les repas constituent un moment de trève au cours duquel, les armes restent dans le vestibule.

On ne mange pas armes à la main.

Donc, les seuls moments de communication encore possibles entre eux.

Myriam s'inquiétant de savoir si c'est bon, s'il en veut encore, avec une infinie douceur dans sa voix.

Des échanges à minima, mais des échanges. C'est mieux que rien.

Un vrai mystère pour Arthur qui apprécie malgré tout, ce visage qui devient comme par enchantement, doux, souriant et agréable à regarder.

Il pouvait demander la composition de tel ou tel plat. Myriam s'exécutait en lui donnant tous les détails sur la préparation.

Ah ! Si la vie à deux se résumait aux seuls moments des repas, ce serait merveilleux.

Arthur serait forcément d'accord avec cette idée.

Ce jour là, loin de se douter que ce serait le dernier avec Myriam, Arthur est assis au salon, devant le poste de télévision diffusant le journal de la mi-journée.

Après avoir rangé la cuisine et reconditionné les restes du repas, *(soigneusement rangés dans le réfrigérateur)*, à réchauffer pour le dîner, comme d'habitude, Myriam revient au salon, s'installe sur une chaise et non plus dans le canapé à côté de son compagnon.

Elle le fixe longuement.

Il ne comprend pas.

Il s'interroge.

Puis, il osa :

- « *J'ai vu tes bagages dans la chambre. Tu pars en voyage ? Tu rentres au pays ?* »

- « *Non, je te quitte. Je te l'ai déjà dit.* »

- « *Tu me quittes ? Vraiment ?* »

- « *Oui, Je ne reviendrai pas sur ma décision. … Tu as choisi de me perdre alors, tu m'as perdue. Que veux-tu de plus ?* »

En un éclair, Arthur voit toute sa vie défiler devant ses yeux.

Tout d'abord Mirella, ensuite Nadine, ses ex qui ont partagé sa vie, et comme Myriam aujourd'hui avaient pris la décision de s'en aller sans se retourner.

Ce n'est probablement pas le moment idéal pour analyser la situation.

Toutefois, il ne peut s'empêcher de s'interroger à propos de cette série d'échecs conjugaux qui ont jalonné sa vie, et surtout pourquoi il n'a pas pu ou su tirer les leçons de ce passé peu glorieux.

Pourquoi les femmes qui ont compté dans sa vie, l'ont quitté les unes après les autres ?

Une malédiction ? *(Bintou pourrait l'aider à comprendre)*.

A-t-il manqué d'ambition pour construire une relation stable et fructueuse ?

En désespoir de cause, il tente une dernière

requête :

- « *Je voudrais que tu restes avec moi. ...
Myriam, ne me quitte pas. Je tiens à toi.* »

- « *Rester pourquoi faire ?* »

- « *Repartons de zéro. Réinventons la vie,
notre vie. Notre histoire n'est pas finie.* »

- « *Tu entends ce que tu dis ? Tu t'entends
parler ? Je t'ai consacré trois belles années
de ma vie. Tu as vu ce que tu en a fait ?* »

- « *Comment peux-tu me dire ça après tout
ce que nous avons vécu ensemble ?* »

- « *Parlons-en de ce que nous avons vécu
ensemble. Tu as gaspillé ces trois belles
années que je t'ai données, ni mariage, ni
enfant, ni maison à nous. ... J'ai attendu en
vain un mot de toi pour me dire que j'ai eu
raison de croire en toi. ... Auprès de toi, je
n'ai jamais ressentie ce sentiment rempli de
fraîcheur et d'honnêteté comme un premier
amour. ... Je continue ?* »

Que veux - tu entendre que je ne t'ai pas dit ?

- « *Chérie, dis-moi :* que *veux-tu entendre que je ne t'ai pas dit ? »*

- « *JE T'AIME !   Tu ne me l'as jamais dit au cours de ces trois années passées à tes côtés. »*

Myriam se leva et s'en alla sans se retourner.

F I N

Que veux - tu entendre que je ne t'ai pas dit ?

115   Que veux - tu entendre que je ne t'ai pas dit ?

Éditeur : BoD-Books on Demand, 12/14 rond point des
Champs   Élysées,   75008   Paris,   France
Impression: BoD-Books   on   Demand,   Norderstedt,
Allemagne
ISBN   :   **9782322174300**
Dépôt légal : Mai, 2021

    Que veux - tu entendre que je ne t'ai pas dit ?